入堂听风　时光正好

本来自医生朋友圈的微信书

亦晓／著

中国书籍出版社
China Book Press

图书在版编目(CIP)数据

入堂听风　时光正好 / 亦晓著. — 北京：中国书籍出版社，2017.8
ISBN 978-7-5068-6431-2

Ⅰ.①入… Ⅱ.①亦… Ⅲ.①随笔—作品集—中国—当代 Ⅳ.①I267.1

中国版本图书馆CIP数据核字(2017)第214367号

入堂听风　时光正好

亦晓　著

责任编辑	刘　娜
责任印制	孙马飞　马　芝
封面设计	东方美迪
出版发行	中国书籍出版社
地　　址	北京市丰台区三路居路97号（邮编：100073）
电　　话	（010）52257143（总编室）　　（010）52257140（发行部）
电子邮箱	eo@chinabp.com.cn
经　　销	全国新华书店
印　　刷	北京睿和名扬印刷有限公司
开　　本	710毫米×1000毫米　1/16
字　　数	80千字
印　　张	6
版　　次	2017年11月第1版　2017年11月第1次印刷
书　　号	ISBN 978-7-5068-6431-2
定　　价	68.00元

版权所有　翻印必究

细语微言

医生

*美丽*是一种责任

今天

  医生的微言，一种清新古朴，一种奇丽巧雅，一种自在潇洒，博而不朽，渊而不腐。

  我在纪念着点滴的美好，漫漫红尘还有人分享着美好，这本身就已经足够美好！

二十年前
花正红　粉正香
恁这般
匀注胭脂淡淑妆

二十年后
玉台弄粉花应妒
依旧是
飘往眉心住

二十年前
儿娇
母媚
天蓝
海阔

二十年后
儿已长大
母亦未老
入堂听风
时光正好

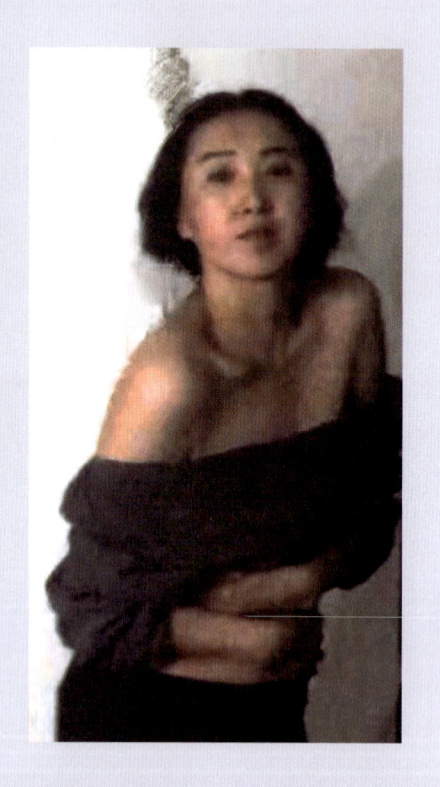

宝髻松松挽就　铅华淡淡妆成

到了我这个年纪，财富不再是学术上抑或是金钱上的了，如何能够折叠了青春，凝固了岁月，锁住了优雅，如何能够完美演绎传说中不老的神话。心有烟花，处处繁华，医生告诉你，岁月无痕，光阴如画。

健身先健脑，养生先养心，腹有诗书气自华，一定要有你喜欢热衷执着的诗书歌画。

来自青青的你，走进微微的我。

我的房子西面是没有墙的，只有玻璃窗，午后的阳光总会肆无忌惮了满屋。昨日偶感不适，有闲暇懒懒散散地躺在窗前长长的沙发上，就着现磨咖啡香，听得秋风起，移床黄叶村，噢，的确是深秋满院了……

可能是院子太小，总逃不过紧邻的高高的小区的院墙，灰灰的。

我以前有个爱好，就是把那些装修好的预售的豪宅当景点逛，阅房无数啊。心里总有一幕是我对于房子的无尽想象，那是深圳隐蔽在闹市中不炫耀的豪宅，掩饰不住低调的奢华中透着淡淡的古朴，房子在山顶上，差不多大半个城市在视野中。

在卧室那个敞长的落地窗前的休闲椅上，我把自己当主人坐下来小憩，远眺出去，噢，东湖及我不知道名字的山，山水相连，天山共色，这一长长的朦朦胧胧的视线中，立即穿越了都市的繁华与喧嚣，因为远处是风景。

这有点像足了生活，远处的风景看上去总是很美，现实中总会有那灰灰的穿不过的墙。

竹林听绿涛，禅房品细陶。

闭户脱三界，白云自逍遥。

星河耿耿
银汉迢迢
风摇帘影
香衾梦遥
拨灯书尽瘦一宵
依旧风骚
……
于昨晚夜读后竟满耳的玉笛洞箫

秋浅雨相和
人淡茶相伴
菊花开 菊花残
倚云风月闲
看得风云散
　（独自闲行独自吟 昨日雨中独行偶感）

耗资数十，耗时数日，历尽酷暑艰辛，老公张一全新大网防喜鹊偷袭葡萄。以我的智商，如果我是喜鹊的话，稍微飞低点，这网便如同虚设了，再说能指望这点葡萄过日子吗？

老公说：外面买虽然容易，但你不是喜欢这个品种吗？！

……

其实这种山葡萄疯长但极酸，很少有人吃得惯，通常是用来酿酒的，我原本就很少吃水果，但却觉得弃之可惜，每年都在喜鹊吃过之余吃掉剩余。

不过，老公的这番话，一部励志剧立刻成了情感大片，这张网也变成了，

情网。

夜深阑，楼上我儿房里的灯光在摇曳梧桐树影中斑驳疏漏，我知道他又在杂读了……

我自恃好文，但与儿比起来，他只可用两字：嗜书。当年神童的他，四岁读完四大名著，许多史书通读三遍，老师曾经找我谈话，目的是共同帮助我的儿子，因为他读书已经到了"疯狂的程度"（老师语）。只是让我略有些尴尬的心情，是他也因此既无一手好字，亦无生花妙文。只是在他独处甚或群居时，常常淡然自得中吟吟地笑出来，偶尔我会问他想到什么美事了，他总是说没什么啊，或报我以腼腆羞涩的笑。

我儿时绵长而执着的记忆中，有关于哥哥的家书的，印象中他去了很大很远很美的城市，做了年轻的教官，他无数封厚厚抵金家书，让我产生无限憧憬和想象的只有两点：第一路两旁都是法国梧桐；第二他看着《傅雷家书》。我那时小，无限憧憬着有着梧桐的城市是怎样的一个地方；不停地想象着《傅雷家书》究竟是怎样的一本书……

如今哥哥海外儒商经年，也依旧酷爱读书，每次回国仍会去书店买很多书。而我却始终没有问过他，当年读那本《傅雷家书》的感受和感悟，并且我自己也从未读过它。

转眼流年暗换，红消绿减，冉物华休；走过了多少路，爱过了多少人，读过了多少书。和鲁迅一起《从百草园到三味书屋》，听着林语堂娓娓地讲着《生活的艺术》，与仓央嘉措《在最美的红尘里相逢》，数游红楼，游园惊梦……书里花落知多少，却很少再有儿时那种懵懂中的憧憬与想象，也许我根本就不知道，那些年的那些，带着哥哥及我走了多远多远……蓦然间，压榨出对于我儿那种尴尬情绪的小来，我为什么要浮躁地希儿辉煌即现哪，顺其天然，成其自然，他淡然的吟吟的笑容里，也许有着多少多少的内容在里面……

夜更深了，婆娑的梧桐树影透过落地窗在我的墙上参差舞，我带着儿子的笑和哥哥的家书入梦了……

和许多同僚们不愿让自己的子女学医不同，我是真心遗憾，我那个伪文艺的娇儿学了文科，无缘医生了。

如果你有幸成为一名医生，一名好的医生，更进一步，一名好的女医生，是怎样的一种：精致与完美。

医学是严谨的，它首先是哲学的，更是科学的，一个好的医生首先是哲学家，进而是科学家，甚而也是外交家，更有为艺术家。

一个医生的基本素质是，严谨的，自律的，达观的，仁善的，有原则，有底线，有节操。

如果你没有一个医生的丈夫或妻子，那么一定要有一个医生的朋友，这其中不仅仅是一种本原、认知和慰藉，因为常常生命是如此的脆弱，人是如此的渺小，面对生与死的慌恐与畏惧，面对疾患的痛苦与折磨，常常，一半是哲学，一半是科学。

即所谓的医学。

即所谓的医生。

正如特鲁多的铭言：有时是治愈，常常是帮助，总是去安慰。

医生的名义。

女人是水做的，尤其我是漂着花的春水做的，却残忍地选择了医生这个职业，常常会第一时间与一些至爱亲朋共同面对种种苦痛，如同一个好演员会完全溶入角色，每每总是如同我自己亲历了一次疾病与痛苦，生与死的纠结、恐惧和惶惑，我，柔情凌乱。

不过，我总相信每一个在我生命中的经过都是注定的，那么，心中春水暖，西风不冷，憔悴尽相关。

（昨夜和一个刚刚知道得了恶性肿瘤的亲同学聊至凌晨4点）

关于报复

步行回家，路边推销的年轻小伙子，
热情地说：小姐，买个保健枕吧！
专注短信没理，
又大声说：大姐，这个效果特别好！
我不置可否地看着他……
阿姨，不买没关系！

关于恶毒

老公对我说：

文学对于你的毒害是，你是真的想对我说明白，而我是真的没明白。

关于低调

我读到高兴处不自觉吟出声来，儿子说：妈妈，您这是范仲淹的《苏幕遮》吧，那句酒入愁肠…还经典，惊讶间又随吐几句，答曰：钱惟演的《木兰花》，苏轼的《定风波》，李白《宣州谢眺楼饯别校书叔云》吧……

我有点崇拜地问：你咋都会呢?!有的我也才刚刚览到呢。

他说：没有啊，我也只知一两句而已。

关于标配

　　比利时啤酒也喝了，一手店鸡瓜也啃了，就是忘问了，这四年一次的世界杯足球赛什么时候开始了？一个人早早就晕了睡了，看来Tracy美女说的看球四大标配是对的，的确是缺一不可啊。

任何一种偏执都源于她的各种局限，我当年觉得成为新加坡公民，无疑等于缱绻于北京三环以内，到了四环就相当于出国了，一个农民始终坚定着广阔天地才能大有作为的信念！

Singapore

Orchard Road shopping

East Coast seafood

Thiamind Island wind

travelling just neighbor

道无尘　食无毒……

我现在的大作为是每天在雾霾中奔波于北四环东路和北四环西路之间。

谨此与有信念的朋友共勉！

一位美丽优雅聪慧富有的女人决定和小她很多的男人一起生活,一些朋友自然会担心,那男人是否图她什么,女人淡然地回答:我经过这么多以后,害怕的不是图我什么,而是害怕我没什么可图的……

在我看来禅语!

你不好,我不屑图。

你太好,我图不上。

你虽好,我不想图。

无所图,则皆空。

鸿蒙情浓,缱绻难穷,苍茫中真的还有人图你什么,是如何修来的缘,是怎样要去的渡口。

与严整的医学相比，我真的更喜欢浅斟低唱，风花雪月，畅意生平，影随心行……

这又是年中岁半了，我又感慨：笑东风，薰梅染柳，更没些闲，闲时又来镜里，转变朱颜……

时间又是在这不经意间流走，转眼年半。

这照片完完全全十年前，如黄庭坚《虞美人》去国十年老尽、少年心。

我常想一句自恋及加狂，其实，高尚善良及美好都有一个安静的出口。

花开花落，何人会解连环。

岁月给予人的尴尬
是你的表情已根本无法水灵灵地表达你的心情
自以为满心的清纯却暴露满目的沧桑
总是崇尚简单的快乐
却无法挣脱赤裸裸的现实欲望与繁复
可每个人都在说
活着
真好

《舟泊珠江》
月色澹如水　潮平寒似空
孤舟横野渡　人在有无中
我跟在老公后面，给他讲这诗的意境，尤其最后一句，一语双关……
老公问我：写这些诗的那些人平时用上班不？

身心俱疲，终于"刑满释放"，下班了。

不工作吧，闲死；

工作，累死，

怎么能既不累死也不闲死，我那可爱的小同事说，就是在工作的地方想方设法的不工作……

我初步设想了一下后果：

被罚加班，在屈辱中，累死；

友善辞退，在抑郁中，闲死。

《活着》那部戏真的不错！

今天不知什么情况，朋友圈中无独有偶，至少有三个知性女人发出同一感慨：让自己快乐是本能，让所有的人快乐是本事。

想起老公说我的一句话：你最可爱的地方是真实，你最不可爱的地方是，太真实！

我真实的想法，能真正让自己快乐，那根本不是本能，也不仅仅是本事，更是岁月修炼，身心愉悦是何等境界。

苏子说的好：江上清风，山间明月，耳得之而为声，目遇之而成色，取之无禁，用之不竭。

此为真境界。

繁重之余，愉人悦己。

小时候是在姥姥的农村长大的。

现在想来那应该是近郊,因为七路汽车到七一公社车资仅1角钱,而我和姐姐为了省下这一角钱,常常早晨带上水和干粮走着去的,印象中到了晚上放映《白毛女》的361部队,看到那条掩在高粱丛中蜿蜒的小河,就到了姥姥家了。

姥姥的农村是童年的圣地,对于那些记忆,不是拾,而常常是涌。那时的村叫人民公社,那时的钱叫工分,关于那些写过很长很长的回忆,我常常以农民自诩,都是不自觉地源于那份原始质朴与真挚。

对于农民的记忆，也不是通常印象中那端着一碗水的名画《父亲》，而是我的姥爷，十里八村远近闻名的，不是因为那时人们都说他长得有些像周总理，而是他晓中医、通易经、讲三国。

那时很少娱乐，亦鲜有吃酒赌牌的，长长的农闲的午后及寒冷漫长的冬夜，人们都会聚在小而温暖的姥姥家，听姥爷说书……

关于姥姥姥爷的爱情，更是我穷其一生浓墨重彩亦不能尽述的，唯总还会心里刺刺地想着姥爷临终时对妈妈说的话：这个老婆子(指我的姥姥活到90岁)总以为她活不过我，一点点好吃的都给她了，我有点馋了……

我常常庆幸自己生活过农村，却不知道自己是否是一个真农民。

前日，一朋友的朋友想表达一下对我的谢意，

说：想给您孩子买点东西，男孩女孩？上幼儿园了吧？😁🌹

昨日，和一位一直不知我芳龄的同事偶聚，她颇有感触地说，现代人生活方式条件都不同了，年龄真不好估计了，您看上去真不像五十！😭🥀

最近各种不顺各种坎坷各种难过，以至于各种迹象感觉我可能是得了特殊类型的抑郁症，提醒老公晚上尽量留意点我，别出点什么事，老公无限关切认真地说：咱们换个六楼吧！这二楼跳一次没咋地，跳一次没咋地，太遭罪了。

绝对是亲老公！

很多朋友艳羡着我在这样繁华都市里，还坐拥着这样一个能容纳富贵与贫贱的静谧豪宅。回想我当初在三个高官与富贾的竞拍中能够取胜，缘于我的豪爽与真诚，我不遗余力地购得，不仅仅庸俗地缘于它的墨尔本原创风格，是我喜欢躺在落地窗前远望出的那份安详与随性……

今晚为儿子的更好晚餐出此临街购物，偶见这最邻近的京城普普通通的夜色中的小街，却仿佛一下子摇曳着张曼玉那经典的《花样年华》，白天的各种奢华、高大与成就，在这伸手不见五指的夜晚，却包容着各种放纵、流连与体恤……

夜色缤纷！

灯火阑珊，夜色朦胧，虽小街，却有着精致的名品店、茶馆、宠物店、休闲spa馆和各色美食餐馆，也有各种地摊排档。古典的、现代的音乐从不同的幽亮处时断时续地传来，正如心事的起伏在这夜色掩盖下可以恣意徜徉。小街万象，我整个人在这幽暗与幽亮的交替中，漂浮着，灵动着，融融其中，掠过种种，却未必真正拮得片片……

生活之于我的感受，偶尔也会，正如这夜色中的小街。

1997很遥远吗？我的1997！

那不过是1997普普通通的一天，那也不过是1997普普通通的一个瞬间，自然的流露，流露着自然，生命的过程，似水流年。

那些年富豪土豪们还没倒出时间玩玉，我因身体一向多恙，笃信人养玉三年，玉养人一生，有幸以石头价购玉。今年运势实在衰，腿坏了，牙掉了，眼出血了，肺又炎症了，于是翻出这玻璃种翡翠"竹报平安"以求佐佑。不过略有些不安的是，想起买时老公对儿子说的话："儿子，这是给你媳妇买的，先借我媳妇戴戴。"我儿眨着茫然的眼睛说"行"。

我这算借贷（戴）吗？！

近日看到朋友发的一张小沈阳的图片，想着家中储物间整整一面墙的数款名包，不免窃自掠过了一丝自嘲。不过，我事实上已然记不清这些包包到底有多贵了，清晰在记忆里的是何时何地何种心境下购得。

第一款名包是购于十多年前尚未开放的台湾，我因追随东奔西跑的老公刚刚辞职，百无聊赖赋闲家中，蹭得台湾商务游，台南台北他商务我游。陌生街头，漫无目的，最后筋疲力竭，街头转角的名品店小憩，灰灭地想着这就是人们向往的什么也不做的日子吗？转头无意瞥见一名包下一行字：从不打折！是啊，境遇可以多变，命运可以多舛，有些东西还真不能打折！遂买下那款名包以做纪念。

那款老贵了的LV包包是自那以后的几年后了，我作为主要负责人参加国际医疗年会时购于纽约的第五大道……

我又一次在淡淡的自嘲中，默默地细数着墙上的家珍，蓦然间感觉如同长廊画壁，丝路花语，与其时而感伤着谁念西风独自凉沉思往事立残阳…当时只道是寻常，莫如就，淡然着，畅然着，这岁月点滴，只为，朝花夕拾。

对任何事情没有敬畏，均不以为然，如果不是偶尔的放纵，那便是，自己都未曾意识到的一种膨胀，任何一种过度的膨胀终究会破灭。

无论亲情友情还是爱情，均不可以肆意了去，唯小心翼翼呵护着，且行且珍惜。

感恩常在左右，感动常在心上。

在最自由的街道上行走
在仍摇曳的灯光里前行
鲜亮的冰啤里闪过了各自的魂灵
在此时　在此刻
在这最真实的笑容里不必挣扎着欲望的
自尊与狰狞
好想说
何不醉了　醉了如何

我默默地
看你哭看你笑看你闹
而你却浑然不知道
这是一种默契还是一种残忍只有上帝知道

我静静地
候着你守着你护着你
而你却依然在喧嚣
这是一种爱还是为爱而殉道只有岁月明了

我有一个原则：苦，又必须受，那么就一定要苦中作乐！已经连续十三天上班，今天又必须参加本中心举办的一个全国性学习班，于是我语重心长、心平气和地，对疲惫的身体和懒惰的思绪说：我们这把年纪了已很难再觅新欢了，但还是可以重拾旧爱的。起 let's go！重走元大都遗址公园。

它的起止几乎就是为从我家到我的医院设计的。不知是与我身体的个人恩怨，还是与大气的个人恩怨，已有二三年没有步行上下班了。以前，一直是沿着这个低调绮重，却不失千娇百媚的城市古老公园徒步而行的。很久很久以前，我的陋室有幸深倚于兴隆湖森林公园里，每天上班前，风雨无阻晨练中，尽揽它的日月风华。后来随家庭辗转天南地北，但终没放弃过觅美食享美景，尤记深圳每天上下班穿行的，小平同志种过树的莲花山公园，终年深绿，花开四季。

初春的元大都遗址公园枝虽青槁，水已暖，虽无蜂逐趁，蝶飞舞，花缭乱，也无绿柳垂线，红桃呈艳，却也有燕喃喃软而甜，莺呖呖脆而圆了……我仍然如以前匆匆地走着，身边仍多是些淡然、怡然舔孙舐犊的老公公婆婆们，偶能听到他们畅谈着家事、国事甚至天下事……

于是在想欧阳修的那句：山水之乐，得乎心而寓于酒。我每每在得山水中又得了什么哪，我总是匆匆地向前，是不是也只不过是他们的从前哪……

《当你老了》已经老了，还会更老，穿过人生山山水水，要拾得的哪段是更美好。

游春，再没有人能过及中国的莎士比亚汤显祖的《游园惊梦》了：翠生生，艳晶晶，花愁颤，意缱绻……配以昆曲悠悠，怎不万千流连。

　　好长时间以来，因身体原因，午间常常浅卧惛眠，今因急诊叫醒便再无睡意，索性校园闲转，竟然满心思的那句：和羞走，倚门回首，却把青梅嗅。全部演绎着那段：蹴罢秋千，慵整纤纤手……我虽早已去国十年老尽少年心，却也仍这番美美少女情怀盈盈动，当年虽最不起眼肤浅的汪国真，倒也印象深刻他那不知算不算诗的诗：年青，真好！

　　走过廊桥，穿过遗梦，哈哈，眼前又惊现前沿而现实的中心：《衰老研究中心》。真心想知道它究竟是何干又能干何呢？

　　人世生老总是春秋。

昨天朋友圈中一则：一个老爷爷去修手机，小伙子说没坏时，老爷爷哭了，说既然没坏，为什么半年都没有三个孩子的电话了。心戚戚然，想起自己年迈的父母……父母总是忍着少给我打电话，因为工作时不方便，下班又忙各种，且早睡早起。我亦如此，偶尔电话过去，妈妈特别高兴，特别怀念因带我儿子和我在一起生活的时光，但她从来不说带小朋友的辛苦，最多回忆的是一起出游时的山山水水，甚至哪条小溪里捞的小鱼都记得。

九十年代末还鲜有私家车，我们那时有可能是最早期的自驾游了，桂林、内蒙、长白山……然而今年早些时候，又想带二老出去玩时，他们已经心有余而力不足了，心也是戚戚了很久，总以为钱给了，东西买了，房子置办了就行了，其实陪伴才是最长情的告白，匆匆的，就老了，不经意间就像孩子一样的脆弱了……

我有些迫不及待，心存惭愧的在工作时间，给妈妈打过去电话，她先是有些惊喜，然后听到电话那边正在忙着什么，间断与我对话，原来正热情洋溢地帮着邻居卖李子哪，5元钱一斤……

妈妈一向的简单、乐观、从容，感慨、感动、感谢的是我略略能得以传承。

生活其实本来如此。

一向让我真心感动的,并不是我真的做了,而是我做了人家还真的吃了。常常觉得不经意间的并无挑剔的接纳、容忍与宽容,其实真的是一种缘于爱的豁达与善良。

于是又想起《菜根谭》:淡中知真味,常里识英奇。

发乎点滴,却也放之四海。

二胎政策放开后,这只流浪猫已经第二次三胞胎了。前一段正值她生产前后老公出差,没有及时罐头侍候,便只是偶尔见她过来转悠一圈也并不见三个小猫,老公满世界找了一大圈,原来母子几个在隔壁的隔壁的隔壁的隔壁的律师家呢,老公惆怅若失良久……昨天买了三文鱼……

晚上老公极其高兴地告诉我,三只可爱漂亮的小猫已经在他一直以来给准备的猫窝里呢。

理解老公说的了:所谓的企业管理,就是合理倾情的投入。

午后秋日的阳光透过树影，斑驳疏离，最喜欢闲散地躺在落地窗前，静静的望着叶子透明，流淌着，徜徉着，光与影的交映，花与心的辉煌……

虽是冬日的午后，仍喜这日光斜睨穿过落地窗前，散落间，遗情处，多少缠绵恍惚着流连，最爱着，这好像不知道想要些什么的时候，茫茫然，坦坦然，欣欣然……

多情总嫌芳菲浅，自几年前回京购得小院，邻院、邻院的邻院、邻院的邻院的邻院，都被我种上了各种花草树木，多少婆娑风雨，多少草木春秋……昨日右舍的新女主人找到我：能不能把葡萄、香椿等移走，因为害怕虫子。

这年久的葡萄，是当年专门从长白山运来的，这么多年来的珍护，枝繁叶茂，硕果累累，最惬意的还是浓荫下的那份舒闲……

辛弃疾因惜春长怕花开早，落红无数春且住，至于所谓的虫子，文人趣识是：算只有殷勤，画檐蛛网，尽日惹飞絮……

在琢磨这新邻人的情怀，我要不要择邻而居哪，只是现在动辄千万的房价有点择不起啊！

所以古人说呢，闲愁最苦！

佳节融合天气，老公邀约寻鱼，重振鱼缸。心情大好，一串一串俗词艳赋溜将出来，甘之如饴，口齿留香：花褪残红青杏小，燕子飞时，绿水人家绕……恰三春好处无人见，不提防沉鱼落雁鸟惊喧，则怕的羞花闭月花愁颤，画廊金粉半零星，池馆苍苔一片青……

老公非常茫然地看着我：你背这一串串的真的挺高兴的？

我激动地问他：难道不觉得，这词之丽，韵之美，思之妙，古词大家的隽永凝练，往往一字千金，抑或寥寥几语便也勾勒出多少意境，如曹翁《红楼梦》借香菱学诗所言：诗的好处，有口说不出的意思，想去却是逼真的，有似乎无理的，想去却是有理有情的，正是重帘不卷留香久，古砚徽凹聚墨多，如余光中之评与李白：绣口一开，便是半个盛唐……

老公说：之所以简炼，是因为古时没有现在这么发达，词语不多就那么几个词，所谓的韵，那个时候说话就是那个节奏。

看来，是我想多了。

年少时，常常艳羡着那些可望而不可及的人们的生活，而如今常常最企盼的是，和爱我的人及我爱的人一起，过着自己的生活。

由于晕车，申请独自逗留风景如画的小镇，不随行尼斯湖天空岛。老公说：为了安全起见，你还是别独自留下来了，有歧视华人的当地少年，你别再遇袭了。我奇怪地问：我长得这么和谐还会遭到暴力吗？老公说：他们打击的是品种而不是品质。

人生不易，必须有趣！

有意还是无意
真的是不经意的邂逅
还是自欺欺人的刻意
你一定要这样闯入我脆弱而柔软的领地
从此
阳光一米
从此
梨花带雨

有人喜欢百计
有人追求唯一
难道同样不都是一种恪守与坚持
你为何非要揉碎了桃花
残红满地

一直把日子过成了诗
喜欢暖暖的灿烂里吟诵彼此眼睛里的默契
根　紧握在地下
叶　相融在云里

尽是芳华始从心

（日记）

午憩
（日记）

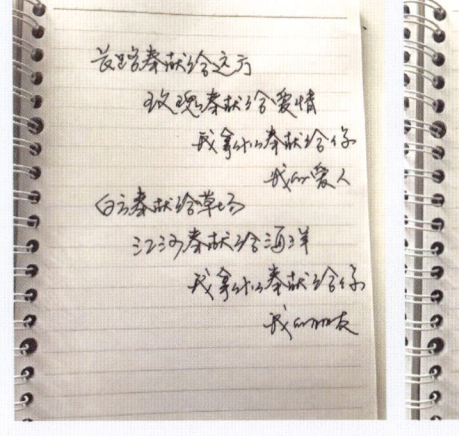

> 如果你不懂我，我也不怪你，因为我也还没来得及介绍你；如果你懂了我，即也是为数不多，因为再不必苦寻一本好书，或觅一首好曲，一道不一样的风景尽收眼底。
>
> 给你，
> 给我，
> 爱美而已。
>
> 致朋友以及即将成为朋友的朋友

奉献
（日记）

西湖之胜，晴西湖不如雨西湖，雨西湖不如夜西湖，夜西湖不如雪西湖。刚刚结束和正在进行中的南浔之行，盟友们热发浔迹浔景，于是我在想是否南浔同理，雪浔最胜哪……

情怀吴总说：去年南浔下雪了，随即发来照片。

清辉素缟轻寒
疏疏一树萦屡屡
这寂寥时
空心远
寒禅

对于雪的喜爱，可能不仅仅是因为，我是一个土生土长的东北银，可能缘于，植根于我内心，水满溢月满亏的执念，总是有意无意畏惧远避盛极。和人们大多喜欢的，繁华似锦满目绚烂不同，更能附和李元膺《洞仙歌》，"一年春好处，不在浓芳，小艳疏香最娇软……百紫千红花正乱，已失春风一半"。

雪，承四季之重，却不失舞动的魂，亦静亦动，亦花亦素，最重要的是，我于雪中，总有一种静谧、安然、归隐的感觉……

去年这里下雪了，又可待何时？

雪浔，我与你有个约会可好？！

也许更多的是出于时间的圈囿，人们对于旅行期值往往是贪婪的——厚重的渊源，不巧的传奇，精致的美食……总想短短的时间里一下子全部游掠，各种地理、历史、人文、政治、暴力、阴谋、巨战……一时间混加、叠重、影复……

一直以来喜爱清晨时的放空，爱丁堡的早晨，透过古老的格窗，石块铺就的古老的街道上，柔和的街灯似乎仍然遥应着，大教堂远逝的钟声，和苏格兰异域热情的风笛，此时此刻，在我清远空灵的脑宇中，不是 Westminsterabbey（威斯敏斯特修道院）Buckinghampalace（白金汉宫）Tower of London（伦敦塔）Windsor castle（温莎城堡）……

悄然弥漫印迹的，却都是那些不经意的瞬间——随意中的悸动，随情中的怦然，随性中的慰藉……

人在旅途，如是如是。

> 人性的高贵来自于灵魂的优雅，不骄不躁、纯粹善良，朴素的灵魂处处散发着人性的温馨和幽香。人性的魅力和气场，来自于内心的修为和素养，淡泊名利、躬身自谦，润泽生命而人生充满阳光的能量，亦美丽、亦芬芳。

早晨看到一段，觉得真心是在说我哪！

可老公说我：不自我感觉那么好能死不？！

不过总听人说郁郁成疾，从医学的角度，人体免疫力是受内分泌影响，所谓的癌，就是没调节好，该长的没长，不该长的疯狂长。

每天都生活在：我有这么好！就是一副最好的，自我调节、增加人体免疫力的良药。

终日，寒塘渡鹤影，冷月葬花魂的林黛玉享年19岁。才比南唐后主李煜，生于钟鸣鼎食之家的纳兰，秋见繁丝，便已忆春山，多少西风恨，不能散眉弯，享年30岁。而齐白石83岁还生子，85岁要续弦，92岁最喜欢的就是看美女……

健康快乐每一天，与您共勉。

为一次错误的相遇红尘
便葬送了几多最美清晨
亦淹没了我无数的夜晚与黄昏
最是情多情易陷
涓涓往事无以回避和生怨
病酒凌乱瘦恹恹
为了忘却还是为了纪念
还是为了不能忘却的纪念
（拣尽寒枝不肯栖 寂寞沙洲冷）

我有一壶酒，
足以慰风尘。
小艳最酥香，
烟丝亦娇软。

黄叶填寒溪

一路空山万木齐

我情深浅

高低

他缘来去

东西

墙里墙外归路可曾迷

（大觉寺还愿）

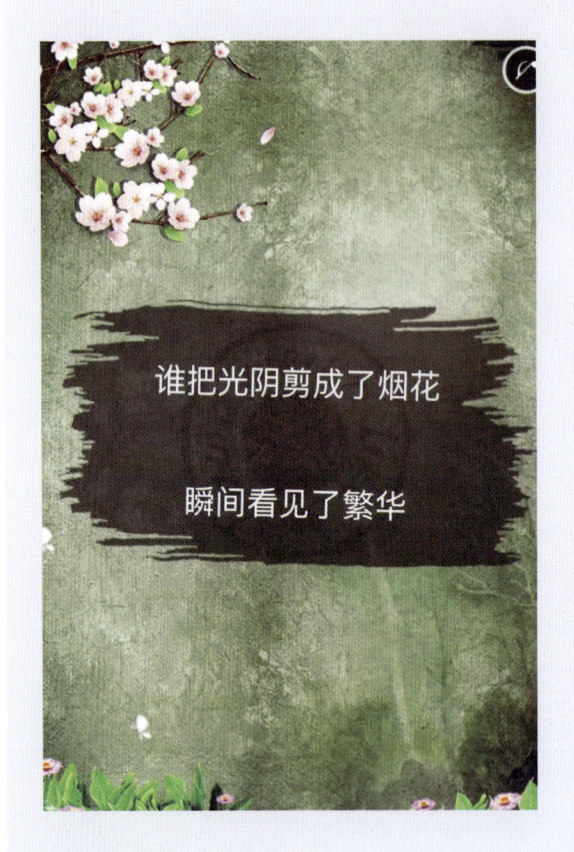

> 谁把光阴剪成了烟花
>
> 瞬间看见了繁华

又值岁末，感慨多多，
抢占先机，祝您快乐。
看人看事看景，
看重看轻看开。
做事合情合理合法，
做人有情有义有趣。

我亲爱的朋友，感恩我的世界里与你相遇，你的过去我无从参与，你的未来我奉陪到底。我们各自带着芳香走过来，我们也一起在沐浴中走过去，请允许我左手挽着时光，右手挽着你，把简单的日子，诗一样的快乐过下去。

再见2016！你好2017！

朋友发图求配诗

一直把日子过成了诗的我也一直在想什么是诗

想着想着眼里的便化作了雨

热热的在脸颊上

咸咸的在喉咙里

回首处

那一叶扁舟　那一蓑烟雨　那一程山水　那一路有你……

这些日子以来真心沉浸在感恩中：如若彼此相惜　三五知己足矣

山一程

水一程

风里

雪里

两叶轻帆

半生逍遥

与你

小时候学习好但身体不好,后来身体好了学习又不好了,一直错过了当三好学生,这辈子到目前为止,当过的最大官是语文课代表。

也曾高山仰止,也曾心骛八极,吾已上下求索,吾已披荆斩棘,终有灵魂沉淀,最是禅定悟语,接下来有生之年再不错过三好:吃好,喝好,玩好。

和谐 统一 相应 静觉 自律 实修 博爱

和与日益增的年龄成反比下降的,是我的智力水平和上进心,现在思想单一,目光纯洁,不思进取,不学无术,基本上什么也干不了,除了干家务活,什么都做不好,除了做饭……

这世间万象,董小姐与隔壁老王啥都能干,彭博榜上有名的马云,为解决百万美国人民就业问题,要找特朗普谈谈……

你想与不想,你看与不看,你关与不关,风在动,云在换,风若轻,云亦淡,思忖着其实也不过是,在各自精彩中流年暗换,大江东去,浪淘尽,多少风流人物……

那么,我就这样静静的,每日瑜伽,每日诗书,每日一顿红酒盛宴,是不是,也是自然的一段风流态度。

晨起物语。

成功转型到红酒后，认真也没有提高我的什么品位，反而时常被耻笑，不菲不菲的红酒作啤酒饮。（走一个）

在饮酒方式上我心甘气馁了，个性使然，不过，如果我说说我一天是如何喝水的，你一定会说，我还是，亦静亦动，亦庄亦谐，可文可武，可上可下的。

1. 晨起，空腹，大枣泡水，淡红色（5个大枣3个新鲜的2个陈年的泡24小时糖分等含量不同的）；

少食海参后，普洱、菊花、红枸杞、少许蜂蜜、新西兰牛奶。2千毫升左右牛饮，酱红色。

2. 上午，柠檬片泡水蜂蜜（亦是泡24小时左右），淡黄色。

3. 中午及下午，50-60度温水野生黑枸杞，由蓝色渐紫色。

4. 上好的西藏孢壁灵芝代茶饮。

5. 晚上，从来不喝水，因为，有酒。

生命如水，

有时平静也有时澎湃，

其实幸福一直与我们同在。

有故事的人，或多或少，或褒或贬，总觉得有着些许的暧昧。

不过在我看来，故事只要不成为一种事故，便是人性的一种丹青，或浓或淡，或悲或喜，或绮丽或绚烂，一个人有着怎样的故事，便有着怎样的素养与情怀。既可巫山云雨心旌动，春丝摇漾蔷薇颤，抑或小艳疏香，醉红自暖。

故事里多少寒来暑往，多少晨风暮鼓，多少夕阳西下彩云翩……

人生苦短，岁月如歌，
朋友，
愿故事里，
有你，有我。

除了古诗词外很少看杂书，不是恃才自傲，差不多总觉得即便大家，抑或各种婉约流派，起居坐念，也越我不多，超我不远，自修、自律、自念便足矣。

今日偶翻此书，不是有多赏心，却也有共鸣处，如：春风十里不如你，很多时候比拼的不是强而是——弱弱的真，短暂的真，嚣张的真……

一如我从来的，真情真我真维斯。

早前就听说过弃医从文有后王朔之称的冯唐，也曾跃试着，想看看肿胀17岁青春的《欢喜》等等，但终于没有鼓起勇气，挑战我的耐心，好像早已过了倒背如流数遍通读《红楼梦》，还为之忧愁，为之哭的时候了，古今中外各种喜读都少而又少，不看小说、不看电视、不逛街、不网购……

是天长路远魂飞苦吗？岁月在拉长，情域却在缩短，好像越来越脆弱，太悬疑、太暴力、太阴谋、太悲情……我都受不了！

现在只适合，一些和缓的风花雪月，慢慢的一字一春，轻轻的一叶一秋，闲暇时来，红杏香中箫鼓，绿杨影里秋千，暖风十里丽人天，日日醉湖边了。

王朔作品《一半海水一半火焰》。

现代人已远不如我们那个时代的人,对于他的耳熟能详了,因为那时候,他正辉煌,我们正年轻。

我是一向不涉爱情这个话题及领域的,因为爱情,她实在是个难题,可笑、可痴、可歌、可泣、可生、可死……

王朔作品中的爱情大部分是悲剧意义的,流氓加纯情。这让我想起,我的曾经的前学霸男友,说过的最霸气的一句话:我是流氓我怕谁!纵观王朔作品中,干着不堪甚至不伦不类的事,什么也不怕的流氓,其实是最善良脆弱,极其真性情的载体,带着青春的迷茫、不羁、争不姿狂荡,作者藉此,与美丽纯情致命碰撞,旨在让人去体会,有一种痛叫爱情痛,有一种苦叫爱情苦,有一种死叫为爱情死……

我记不清是否真的在哪里看过:

我的一生都在为爱情而凄苦
我一直在寻找灵魂的渡口
在真实的爱情里
我才知道
我曾经活过
而且
正在活着……

姐姐的家是高层的复式，奢华的露台种着各种奇花异草，争奇斗艳……而我无比眷恋的是，黄昏后，落地窗前，满目的风景，和我病后，孱弱地躺在她窗前的长沙发上，享受着，她长姐如母的各种关怀与关爱。

那假期短短，那心绪长长，我每每在这种美美的回忆中，进行着现实的美好。

恬淡、静雅，至真、至纯。

哪有什么弹道无痕？！

真正的了不起，不是一味的好，而是承受着千疮百孔的坏，在某种意义上好是软弱，坏是勇敢。

不知道为什么偏偏喜欢这个老大,和数遍通读《红楼梦》一样,百看不厌《教父》,我有大哥情结。

在清晨赞着我的纯美
在夜晚涅槃中救赎着我的灵魂
在清晨
在日落
在黄昏
我虽已万乘千骑
却箫歌于
夜未央
夜霓裳
夜中央
我就是我
不一样的焰火
可不可以不
百年孤独
一个人的探戈

十年磨一剑，霜刃未曾试，今日把示君，谁有不平事。（贾岛）

虽不至于十年一砺，但儿子的小说的确是，从初中就开始酝酿构思，几易其稿（现3卷30多章N节），虽多次申请拜读，均遭婉拒，这个周日终于被列为第一读者，甚是欢喜。

然而，由于备战本周四的中英文读书报告会，便少了时间和心情去读，于是偷懒地问老公读后感，老公说：太忙了，实话实说，还没看进去。突然一下子心里特别难过，这都是如何对待儿子的珍视和心血的哪？！

于是晨起，静读，细琢，慢品，虽只是开篇的一点点，却认认真真体会到，饱读诗书、嗜书如命的儿子的底蕴和功力了。

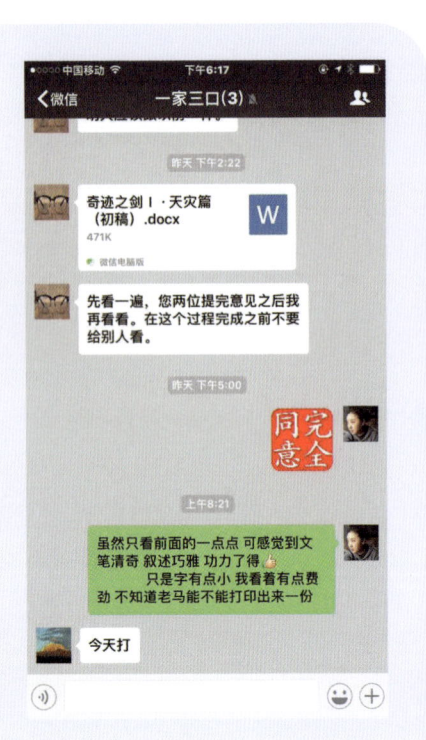

谷中响起了其他的声音，砂石滑动的声音，仿若吮髓，岩壁裂开的声音，仿若嚼骨。如果不是放在小作者所特定的这个环境里去看，对于这个声音的描述，用了吮髓和嚼骨，也还不觉切透奇巧，这是一个人踪罕至、凶险狰狞，随时等待着牺牲品的恶谷。对于一座常年风蚀，斑驳不堪的孤独城堡的描述，小作者写道：它严肃，破旧，封闭。严肃一词用得让我惊艳，从未想到，描述一建筑，用这么冷僻的词，细想着，却是极具性格感的……小说很长，仅仅是一个开篇已有些荡气回肠。

诗书万卷，名篇佳作，与众人了去，确有爱不释手的，也太多不屑一顾的，其实人与书之间，也一样要讲缘分的，遇上一本书，爱上一本书，其实，认认真真的是，一个世界，一颗心……

儿子，你的小说，我，慢慢的，慢慢的，去读。

哪个少年不钟情,哪个少女不怀春。(歌德语)

想起初中起如此那般的迷恋《红楼梦》,多多少少是因为:林黛玉爱着贾宝玉,贾宝玉爱着林黛玉,一个空对着山中高士晶莹雪,终不忘,世外仙姝寂寞林,一个睡不稳纱窗风雨黄昏后……

儿子的小说三分之二过去了,仍没有出现我所热衷的,缠绵悱恻,两情缱绻,只是,只是,才飘了点思绪。

现代的年青人可能更含蓄些。

随着儿子小说的深入，却隐隐的触动了我的一个心结：和酷爱读书一样，儿子小时候十分迷恋《奥特曼》。舐犊情深，我几乎用了我一个月的工资，在大商场里买了正版的全套的《奥特曼》影碟，儿子特别高兴地说：妈妈，我可以没有妈妈，但我不能没有《奥特曼》。我说：儿子，你可以没有《奥特曼》，但不能没有妈妈。

这套当时看来价格绝对不菲的全套VCD盘，打都没打开，完全上了封条，成了家底，跟随全家走南闯北。过了经年，VCD放映机早已被淘汰，然而这一套全集，一直是我们家的标志性纪念。

我痛定思痛，为什么儿子会迷失在妈妈和奥特曼之间了呢？也如儿子后来所说，当时他爸爸在新加坡工作，我为了所谓的事业和学业，把小小的儿子送了整托，晚上幼儿园少有小朋友及老师陪伴，孤独恐惧害怕，从那时候起，他迷上了靠神奇力量能够打败一切的奥特曼……

于是我毅然辞职南下，老公也放弃了新加坡国籍，往返于香港与深圳之间，多年以后，房价像火箭一样飞涨，罗湖口岸承载着我们一家，平静、简单、快乐的小屋犹在，那里对于我们全家来说，是一段虽然回不去，却永远美好的，标志性纪念。

现在儿子的小说，我在用心去对待，其实并不关乎文笔、情节、寓意、是否发表，甚或有多少读者，它带来的远远不止于此。

正如儿子小说里描述的那样：男主经过濒死、挣扎、浴血……的已经变形的剑，在那个少女看来，再也回不到洁白、挺拔、刚直的剑鞘里了，剑法、剑意、剑气、剑势，最终境界不过都是，一种释放和解决。

人生不也大抵如此：奋斗生活过程如剑，初始终末如鞘，常常剑出了鞘，经过各种磨砺坎坷，也已难再回入了，但剑与鞘，应该终是最好的，彼此的标志与纪念。

感谢生命中有你，感恩一切的与我同行。

论酒意与诗意

张旭,亦称张颠,性狂放,好饮酒,醉后号呼狂走,索笔挥洒……

四句《桃花溪》便是一篇《桃花源记》

常记得《红楼梦》宝玉、蒋玉菡等人酒行曲演时,随便的一句:女儿愁,悔教夫婿觅封侯,也是得于王昌龄之趣,饮仙醪曲中多少古韵新趣……

饮酒无令,滥醉无味,我约上你,你带上诗,酒在眼下,诗在远方,来相召,谢他酒朋诗侣。

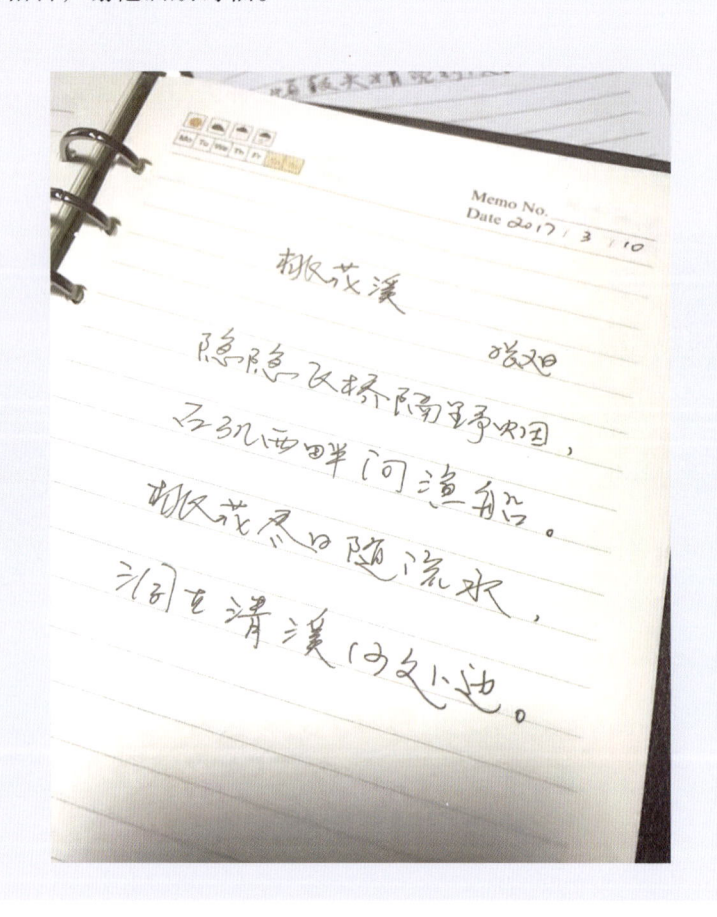

偶翻出，应该是，某次残酒醒后的随感，又随之而感，其实，从来：心之远，地自偏。

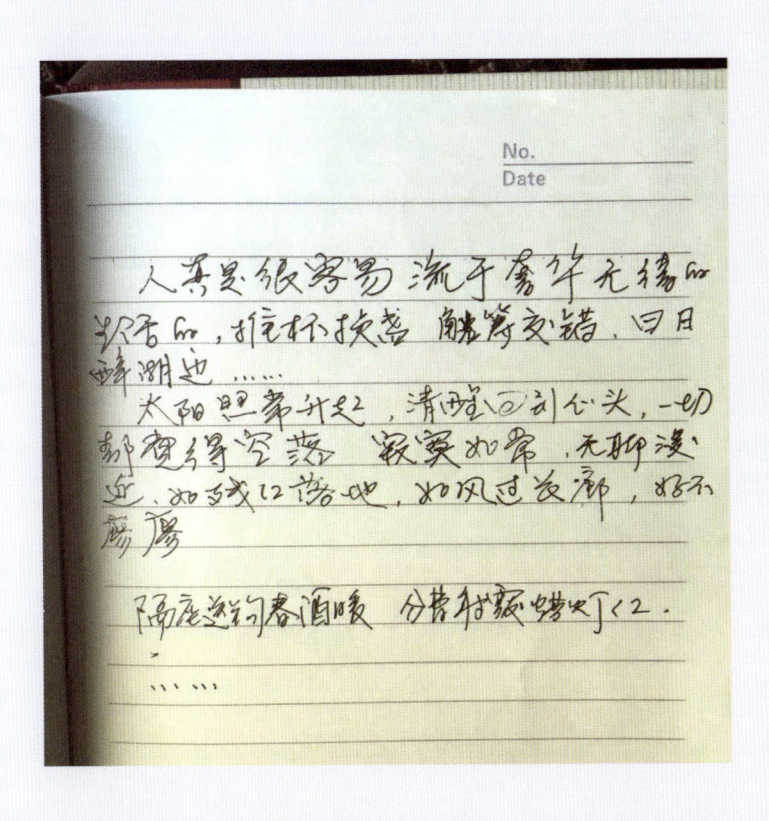

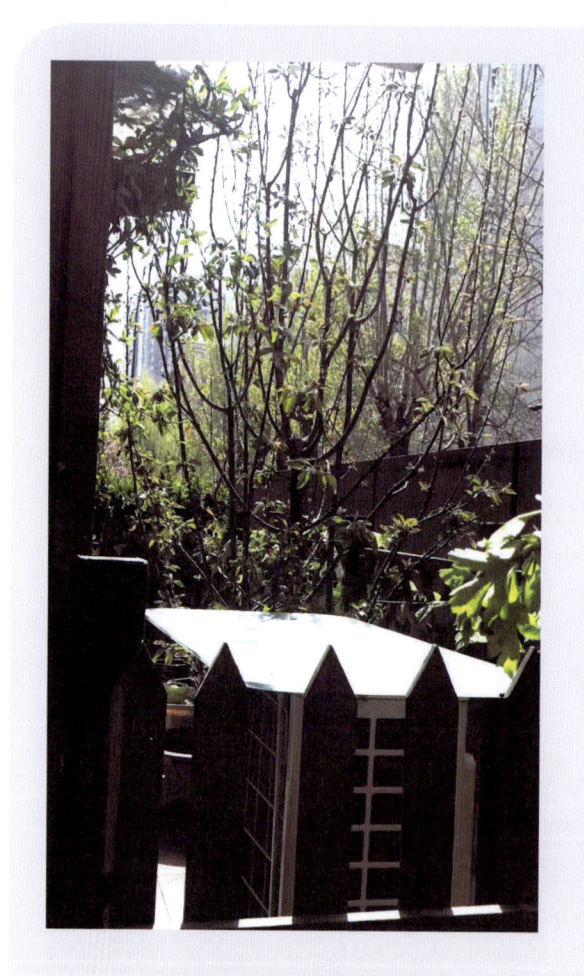

为了左邻的阳光房，确实不得不移过山楂树了，此树相伴多年，感情颇深，祈祷继续：

  站成永恒
  没有悲欢的姿势
  一半在土里安祥
  一半在风中飞扬
  一半洒落阴凉
  一半沐浴阳光
  非常沉默
  非常骄傲
  从不依靠
  从不寻找

老公和儿子忙了一上午,把栅栏也拆了重新打造,我才知道,原来邻居为了阳光房能够方正,让我们让出 20 公分。一下子想起了清朝六尺巷的故事:邻里为争三尺地皮打了起来,其母上书贵为宰相的儿子,其回复:千里家书为一墙,让他三尺又何妨,万里长城今犹在,不见当年秦始皇。于是相让三尺,对方感动,也让出三尺,两家院墙间便成了六尺的巷道了。

虽无六尺巷道而成,却也投我以木瓜,报之以琼琚,邻居欲以西府海棠树相赠。看来以后我又有事情可做了,苏轼不是诗题《海棠》:东风袅袅泛崇光,香雾空蒙月转廊,只恐夜深花睡去,故烧高烛照红妆。

虽然笃定儿子大学以后，做为空巢老人的各种游山玩水，吃喝玩乐了，但也许是秉性使然，仍为近些日子的跨界，跨越，跨度，略略小小不安生，心中总还是，野沟寒壑，瘦石孤花，静汲日月之风华……

又翻出半年前的日记，不知还能否聊以自慰呢。

如果说，十几年前的广西黄瑶古镇，是一幅浅淡相宜的山水画，这长白山脚下的，百年木屋村，对于生于斯长于斯的我，就是一种记忆的浓墨重彩，种种相识，种种相忆，种种相似……

正当我感慨着杜甫的"忆昔开元全盛日，小邑犹藏万家室，稻米流脂粟米白，公私仓廪俱丰实"时，却又因知道我们这一行到来，而匆匆赶来，做详细介绍的，年轻的镇书记，而产生另一种感慨，他分了四个层面，让我们知道，如何让一个濒临衰落的古村，变成现实的富足祥和而安乐，而且还在更深广的规划中……在这次政府行为的旅游文化活动中，亲临亲触，不止一个这样有格局、有思想、有情怀、有行动的年轻的领导人。我认真地感觉到，中国现在能够这样蒸蒸日上，蓬勃发展的动力及原因所在。

感动山水，感动人民，感动中国。

正如我大多素颜素照，很少运用美图修图之高技术，总觉得多一线、少一条都有悖"青水出芙蓉，天然去雕饰"之故本。

这理同于唐诗宋词元曲，七言绝句古韵，只有诵、赏、析、享的份，断断不敢填了新句强做古之造次。中华五千年文化之精华，字字句句，章章节节，多一笔肥，少一笔瘦，这不仅仅显各大家之神，更深蕴其时代之成，比如唐诗断无宋词之婉怨，宋词亦无唐诗之豪盛。

所以很少填词演曲作诗，深恐有其形无其韵，却尽现了见肘效颦牵强之愚拙。

生活，玲珑精致洒脱自我就好。

这个老乡弟弟，年纪不大，常被人称作老大，因为神通广大。前几日私微我，大意是近些日子以来，感觉到我有些超出，我做为医生的种种活跃，半年前，也曾因此写过日志《关于得瑟》聊以自慰，但他应戳到了我的界点，看来无以慰藉，仍未释然。

因为一直以来我的原则都是：差不多就行了，一碗豆浆够喝的，如果两碗，无论喝了，还是倒了，都已经是纠结了，从来都是水满溢，月满亏，登高跌重，盛极必衰，南浔古镇，富甲一方刘镛的偌大的私家园林，为一句话，立的一块高高的祠牌：蓄极必泄。

我常常怕太"过"了而闭门思过，知屈原李白：沐芳莫弹冠，浴兰莫振衣，处世忌太洁，至人贵藏晖，沧浪有钓叟，吾与尔同归。便也常思踏雪寻梅，吾与谁归……

然寄蜉蝣朝生暮死，哀吾生之须臾，君不见，君莫舞，玉环飞燕皆尘土。其实，大凡有度而适，雅而不刁，俗而不烂，做事合情合理合法，做人有情有义有趣，神于其内，形于其外，斯不为过，如此亦酌。

昨天去了大觉寺，十年踪迹十年心，自从十年前回京身体多恙，虽未参佛，但每年都去大觉寺，为的是清晨古寺，日照高林，曲径通幽，禅房花深，山光悦性，潭影空心……更喜那余余钟磬音。

昨天，也参加了助残徒步大型公益活动，但其实，这是有悖于我的初心的，我虽然热情豁达开朗，但总的来说还是喜欢独处静好，读书跑步从来都是一个人。其次，对于慈善捐助施舍一向都是抵触的，因为首先我不是生于钟鸣鼎盛之家，小时候的贫寒，让我一直坚持，节约，节俭，自持，自律，自重，总觉得做好自己才是最大的善。

儿子小时候，曾向我要十元钱，欲施舍给行乞者，我告诉他，如果拿别人的钱，一百万也不叫施舍，而自己努力创造得到的，一分也是给予。

不过，我还是第一个报名，这个由常春藤高端医学联盟组织的慈善活动，因为平时，联盟总是为专家们，组织各种学术交流休闲娱乐，这次需要给出的，还是触到了，我一向秉承的不可以：来而无往。

提前很多到了奥森公园，已经很多人了，换上了统一的绿色T恤，和专业热身教练一起运动，无意中看到，坐着轮椅的一大排，也认真地锻炼着，只是只限于上身。

风景如画的奥森公园，天高云淡，风和日丽，我随着大批的健身人群走着，总能迎来陌生的面孔，却好像和我很熟的，善意的笑脸，后来我才渐渐意识到，是因为我穿着统一的绿色T恤，一路上，他们不停地提醒我，哪里拿卡，哪里喝水……一路下来，收获了老老少少，那么多笑容，那么多关心，那么多善良，忽然觉得，天更蓝了，风更暖了。

　　到达终点，轮椅走完10公里的前三名，正在认真地领取证书和礼品，他们满脸满身的尊贵、坚强、自信、乐观，我突然觉得，不是我在助他们，而是他们在助我，摒弃小资小我走向大爱大福和大觉。

　　回头看看穿着一身绿色T恤的，还在走着的人们，顿感强于任何宗庙仪式上虔诚的展佛，耳边也缭绕起大觉寺外那柔和而灵动的钟声。

玉骢惯识西湖路，骄嘶过，沽酒楼前⋯一春长费买花钱，日日醉湖边。

每一次的隔座送钩，分曹射覆，歌舞笙平后，都会压榨出，我对于炷尽沉烟，瑶琴锦瑟，月浸书香的惶然与不安，搅动着我对于沉淀，历炼，宁静远致的，谦恭、毕敬与贯承，每每残酒醒，晓月偏，宿妆残，戚戚然⋯⋯

然又想，没有风霜刀剑暴风骤雨之虐，又如何更能享青山隐隐碧水悠悠之惬，每一次的大俗之殇，也会更加韵蕴了我大雅之煌。

是不是，人间多少事，灵肉总相关，更不恣，雅与俗之间。

于是坦坦然⋯⋯

于昨晚小聚后感

真正的文学
源于生活　高于生活
我挣扎着所能达到的终极高度
还是来自
我最真实的本来
我如何才能高于生活

在古代希腊神话传说中，一个神如果做了对人类有利的事情，众神之王宙斯就会把他带到神殿，打开一扇窗，让他看一眼宇宙的奥秘，这是传说中对于神的奖励。

近些日子以来，为了我的小小梦想，不遗余力地试图打开通往出书的门，却无意中开启了这一扇扇的窗，浓浓的情、才和爱，满满的耐心、用心和苦心，还有那一句：为你为你只为你！

从这个小小梦想所得到的，收获的，已经远远不是，这个小小的梦想本身。

生活待我如花，感谢生活，感恩有你。

新书缘起

《入堂听风 时光正好》只言片语间，传递生活、工作、学习、处世的禅悟与道理，吟唱人生的从容与睿智。严以修身，坚定理想信念，提升道德境界，追求高尚情操。严于律己，心存敬畏，慎独慎微，勤于自省，从实际出发谋划事业和工作的大局。敢于担当，保持力度，保持韧劲，善始善终，善做善成，脚踏实地走好感情与生活的每一步。好高而不骛远，务实而不世俗，厚道做人，地道做事，成就一个仁、义、礼、智、信的人！页有限，字有数；意无限，境无边。当工作疲了，生活乏了，身体累了，感情困了，看看此书，帮你解开心锁，让你身心舒展，学会放下，轻松前行……（红色部分为书稿介绍，这个你要自己来具体整理）

关于你的书，有以下意见供你参考：
一、书名建议为"安得情怀似往时"。语出李清照《偶成》一诗：十五年前花月底，相从曾赋赏花诗；今看花月浑相似，安得情怀似往时。此诗意境，颇可应合你"纪念美好，分享美好"的结集初衷。
二、读罢"入堂听风，时光正好"方案，看得出制订者是用了心的，但

不知是否有画外音:未必收支平衡乃至盈利，那么书的点应放哪儿？我认为一珍惜友情，二留住过往，三精巧才思及趣言引哲。所以情、巧、趣才是本书的点。抓住点会好些

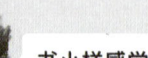

昨天 上午8:41

书小样感觉留白多并都在中间，显得书沉闷，乏沉，不够精巧美妙，冲淡了你的特点，另外你可放张显示你职业特点的白大挂照片，很加分，职业美

书比较私人化，所以在设计上要有个性和情调才好

夜阑初醒,窗外窸窣,才想起来预报有雨的,甚好,这便可与往日不同了,在听雨中慢读,也无杜牧"可惜和风夜来雨,醉中虚度打窗声"之憾了。

书海浩瀚,并不是每每都有精彩绝伦、喜出望外、爱不释手的,终有无聊、无趣、繁冗、平沓的,常常开篇无趣便弃之了。然近些日子的几次阅读,却似乎改变了我的阅读习惯和喜好,在平实无华冗长,马上就要超越我阅读耐心的底线时,忽然偶得奇言、妙论、哲思、精句,那真真是一下子的升华,一下子的惊艳,一下子的高潮,一下子的妙不可言。

其实,这读书一如阅人,触目横斜千万朵,赏心只有三二枝,一直是小我的迷恋,但随着年龄,随着经历,随着遇见,渐渐觉得,平凡、静默、相惜、相伴、相守中,有蕴含真情善良的,有蓄积挚诚对待的,更是一种擦亮,另是一番燃情,真心觉得在我的世界里,本无平凡的人,却只有平凡的心。

读书有味,阅人有幸。

于雨中晨

我日渐形成的作息，总能让我想起，庾澄庆的那首成名曲《让我一次爱个够》里的那句：我的黑夜比白天多，还有那句：我的心起起落落像在跳动的火。哈林应该是我喜欢的为数不多的男艺人之一，他的内质跳动、狂野、摇摆、晃显，张驰间，散发着颤动、柔情与激情，游刃有余一段，自然的风流与潇洒，正如我一直崇尚的：

　　半醉半醒，半柔半侠，半精半傻，半俗半雅。

每每说正在减肥，常常遭到质疑。其实我所理解的减肥，是一种清戒生活的执念，无关胖瘦，只是对自己生活的一种修为，规范，从饮食运动到生活的各种节奏……

很赞同一句话：从谈吐看一个人的修养，从身材看一个人的生活方式。

欢送离职的同事。

若无相欠，怎能相见，其实每一次的遇见都不是偶然，多少悲欢；其实每一次的分别却是必然，长亭内外没有盛宴绵延。

每每都说来日再见，而常常再见已不是从前。

我只想说：珍惜所有的现在。

再读冯唐

去弃医从文鲁迅不想甚远的，都是同样的灵魂个色，文笔或犀利或灵异，大抵不过，源于一个医者，对于生命本原透彻，冷静，深邃的认知。如果说鲁迅忧国悯民是正，那么关注情欲的冯唐，在谈情色如虎色变的国人眼里，应该是略邪吧。

关于情欲

冯唐语：情欲之事，关乎于一每个人，只是压抑内心不足与外人道，是人都有此烦恼，情欲是一个终极问题，和生死一样困扰着人类，大苦大乐随行，大爱大恨相济。

之于我思：让情欲如洪水还是做清流，是慢慢闪耀成彼此的照亮，还是激情燃烧成灵肉的烟烬，是不是同样都是一种风流的态度。

关于情欲

冯唐语：男人想要，女人不给。

之于我思：如果，女人想要，男人不给。欲望的转角处会有和美的梵音吗？！

生活已定，读写未知。

人们常常总说青春是最美好的，可我总觉得正青春，不美好。如果说是美好，也是别人眼中的美好，抑或是回忆中的美好。

就我自已而言，深感于此，别人眼中的那时的我，清纯恬静内向，其实我的安静，完全是为了掩饰，内心深深的自卑，安静的背后是一份真实的不安静，常常无缘无故的，被种种茫然若失、惶惑烦忧、忐忑羞涩操纵着，从容、淡定、坦然完全是种奢侈。

记得毕业十几年后的一次聚会，一位当年的校花说：我愿意用我的一切换回这十几年。而我总觉得我不会，每每总是在我的脑海中响起一句话，就像我即将出的这本书的书名：入堂听风　时光正好。

现在好就很好，何况还有过往，还有远方……

当年的一份安静中，掩饰着一种真实的不安静，那么如今我的略显不安分中，是不是也透露着一种真实的安分呢？

此消彼长，彼消此长。

世界以痛吻我，要我回报以歌（泰戈尔）。

生活待我已如花。

对于一个专业舞者的敬畏，不仅仅是出于对其专业的舞技，更是出于对其专业的素养。一个好的舞者便是一个好的修者行者，将灵魂这种东西寓于身形而舞出，是要怎样的一个炼的过程？！即便是灵性悟性极高，一个简单的舞动的背后，都是无数的枯燥反复……

况且，舞：声、光、影、心、身、形于一体，是跳动的雕塑，凝固的音乐，四溢的流彩，亮鲜的、完美的、精彩的、演绎的背后，必定是要有一片纯净、素雅、执念的内心的，我从一个专业舞者，虽淡然却是自然的流露中，得以体会。

每每追求寻找美好的过程中，总有种种美好的遇见。

灵魂喷薄
影子踯躅
经过了
多少的绚烂
终究就要偿还
多少的落寞

一面风情深有韵
人生是一场绚烂的花事，总有一些无处安放的美好
化做了诗化做了词化做了赋化做了曲……
问君何事最销魂
泼墨书香里
相遇红尘

追求一个人，往往更多的是欲达到这个人抑或自己想象中的一种深度，有时也是水中望月。
占有一个人，常常是为己有一种冰洁不群绮丽的灵魂，也难免会雾里看花。
如若相遇，如若相携，如若相行，
何以相惜，何以相和，何以相谐，
东风不语过幽兰，
有暗香盈动，
未争风流，
自然风流。

有一种任性
不是你自己有多任性
是总有那么一些任性的人　在慈祥的包容中　甚至还放纵着你的任性

有一种靠谱
不是你自己有多靠谱
是总有那么一些靠谱的人　在善良的宽厚中　居然还享受着你的不靠谱

有一种讲究
不是你自己有多讲究
是总有那么一些很讲究的人　让你知道　其实原来还可以这么讲究

有一种玩好
不是你自己有多会玩
是总有那么一些已经玩得很好的人　像对待孩子一样　在你想玩的时候陪着你玩

是因为我
在佛前已求了五千年吗？！

外表老成
干练的水瓶座

内心只是一个顽皮小孩

如此的对待
常常不过是为了给自己一个交代
固执着初衷
氤氲着情怀
不曾寂寞了未来

何必探究来龙去脉
到头来未必不是一种伤害
过去了
应该就不会再重来

我会坚持的是
爱

家人友人爱人情人，于一处，尚好的境界：恬静淡雅中，以内在的饱满和张力，延伸着外在的宽容与豁达，不喧嚣，不恣意，淡然相惜，默然相守，坦然相受。

如罗伊克里夫特的《爱》

我爱你 / 不光因为你的样子 / 还因为 / 和你在一起时我的样子
我爱你 / 不光因为你为我而做的事 / 还因为 / 为了你 / 我能做成的事
我爱你 / 因为你能唤出 / 我最真的那部分

如若此，可以牵手，可以一起走。

确定
要从我的日子里走过
或许
从此就变幻了生活的颜色
你的
我的
我们的
疏影交错
斑斓不落

为填新赋强说愁

思念的时刻
是露滴由叶根向叶尖的滑过
轻抚着水的柔和
吻映着叶的绿陌
韵动着风的探戈

我总觉得那是一种
不舍
露滴坠落于叶尖时的悲情四溅
叶片挽不回露滴后的无语摇曳

总有那么一段时光，我的满世界里都是你，看着你的笑，听着你的呼吸，和你一起欢喜。

渐渐的我越想靠近你，好像越是远离，正如我越想远离你，却越是靠近你，我转过身的时候，却满眼全是你。

其实人世间本没有距离，所有的距离就是

我和你。

后 记

　　这本来自医生朋友圈的微信书，并没有按照传统，以内容及形式为框架，而是基本上以发朋友圈的时间为顺序，因此会让读者在阅读时产生跳跃感，作者在对此深表歉意的同时，其实也是想对于新媒体书做一种新的尝试。

　　在医生的微信书里，如果还有那么一段可以与您分享，哪怕只有一句话与您产生了共鸣，那么，这便也是它的一种意义所在了。

　　生活依旧继续，期望终有一个渡口与您相遇。